누렁이

어르신 이야기책 _213 중간글

누렁이

초판 1쇄 발행일 2023년 2월 20일

지은이   김택근
그린이   낙송재
펴낸이   이원중

펴낸곳 지성사 출판등록일 1993년 12월 9일 등록번호 제10-916호
주소 (03458) 서울시 은평구 진흥로 68, 2층
전화 (02) 335-5494 팩스 (02) 335-5496
홈페이지 www.jisungsa.co.kr 이메일 jisungsa@hanmail.net

© 김택근 · 낙송재, 2023

ISBN 978-89-7889-519-4 (03810)

어르신 이야기책 _213 중간글

누렁이

김택근 글 · 낙송재 그림

지성사

차례

개구리잡이

낙성이는 여름 내내 개구리를 잡으러 들로 산으로 쏘다녔습니다. 개구리는 폐병을 앓는 아버지의 약이었습니다.

그때는 변변한 폐병약이 없었습니다. 대개 시름시름 앓다가 세상을 떠났습니다. 그런데도 어느 마을이건 폐병 환자가 있었습니다. 흔했지만 잘 낫지 않는 무서운 병이었습니다.

폐병에 걸리면 잘 먹고 잘 쉬어야 했습니다. 하지만 시골에서는 먹을 것이 귀했습니다. 마을이나 장터에서도 뚱뚱한 사람은 별로 없었습니다.

6

낙성이 아버지가 폐병을 앓고 있다는 소문이 돌자
마을 사람들도 시름에 잠겼습니다.

병이 번질까 염려도 되었지만, 그보다 마을의 궂은일을
마다하지 않았던 건장한 아저씨가 몹쓸 병에 걸렸다는 게
믿기지 않았습니다.

어머니는 약초를 캐러, 낙성이는 개구리를 잡으러
근처의 들과 산을 헤맸습니다.

국민(초등)학교 5학년인 낙성이는 학교까지 그만두었습니다.

낙성이는 긴 막대기에 날카로운 못이 튀어나오게 해서
개구리잡이 삼지창을 만들었습니다.

그 삼지창을 휘휘 휘둘러 가며 풀을 헤치면 개구리가 놀라
뛰어나오고, 그러면 뒤쫓아가 삼지창으로 찔렀습니다.

잔인했지만 어쩔 수 없었습니다. 잡은 개구리는
미제 분유 깡통에 담았습니다.

낙성이 아버지는 개구리를 삶아 즙을 내어 마셨습니다.
날마다 마시는 것이라 질릴 만도 했지만, 아들이
잡아다 주는 개구리라서 차마 내치지 못했을 겁니다.

그런데 어느 날부터인가 개구리 즙을 예전처럼 얼굴을
찡그리지 않고 수월하게 마셨습니다.

낙성이도 덩달아 기분이 좋았습니다.

　　낙성이는 아버지가 어떤 개구리를 좋아하는지
알았습니다. 풀빛의 논개구리보다 바위 색이 섞인
산개구리를 좋아했습니다.

그래서 주로 산속을 뒤졌습니다.

가을로 접어들자 개구리가 눈에 띄게 줄었습니다.

추석이 얼마 남지 않아 사람들이 조상의 묘를 돌보러 다닐 때였습니다. 낙성이는 그날도 개구리를 잡으러 갔습니다.

삼지창으로 풀을 뒤적이며 소나무 숲을 막 들어서는데, 벌들이 낙성이를 향해 날아왔습니다.

"왜앵~ 왜앵~ 왜앵~."

처음에는 대수롭지 않게 생각하고 손을 저어 벌을 쫓았습니다. 그런데 벌 소리가 점점 크게 들렸습니다. 그 사납다는 땅벌 집을 건드린 것입니다.

벌들이 떼 지어 낙성이를 향해 날아들었습니다. 낙성이는 후다닥 뒤로 돌아 도망쳤습니다. 수백, 수천 마리가 쫓아와 낙성이 얼굴을 사정없이 쏘아댔습니다.

더는 도망칠 수도 없었습니다. 쪼그려 앉아 얼굴을 감싸 안았습니다.

그리고 닭 우는 소리를 냈습니다. 벌들은 닭을 무서워해서 닭이 울면 도망친다는 말을 들었기 때문입니다.

"꼬끼오 꼬꼬, 꼬끼오 꼬꼬, 꼬끼오 꼬꼬,
꼬끼오 꼬꼬……."

그래도 벌들은 물러나지 않았습니다.

"꼬꼬댁 꼬꼬댁 꼬꼬댁 꼬꼬댁……."

울음소리를 바꿔도 도망가지 않았습니다. 온몸이
너무나 아파 나중에는 울고 말았습니다. 그리고
소리쳤습니다.

"사람 살려~ 사람 살려~ 사람 살려~!"

얼마나 지났을까요.

어느 순간 벌 소리가 들려오지 않았습니다. 땅벌들이
어디론가 사라졌습니다.

온몸이 아팠습니다. 얼굴이 찐빵처럼 부풀어 올라
만져도 아무 감각이 없었습니다.

집으로 가야 하는데 정신이 아득해 오며 눈이 점점
감겼습니다. 눈두덩이 부어올라 앞이 제대로 보이지
않았습니다.

    낙성이는 사립문에 들어서면서 그대로 쓰러졌습니다.

마당에서 고추를 말리던 어머니가 비명을 질렀습니다.

그런데도 낙성이는 한 손에는 미제 깡통을, 다른 한 손에는

삼지창을 쥐고 있었습니다.

    아버지가 가슴을 쥐어뜯었습니다.

    "우리 아들 죽겠네, 우리 아들 죽겠네."

    아버지는 숨이 차서 울음도 제대로 나오지 않았습니다.

    낙성이는 꼬박 사흘 동안 눈을 뜨지 못했습니다.

그리고 닷새 동안은 꼼짝도 못 했습니다.

낙성이는 기운을 차리자 다시 개구리를 잡으러 나갔습니다. 아버지를 구해야 했습니다. 그런 낙성이를 보면서 아버지는 홀로 결심했습니다.

"아들놈을 봐서라도 어서 나아야지. 털고 일어서야지. 폐병이 아무리 질겨도 내가 이길 것이다. 누가 이기나 해보자."

정말이지, 산과 들과 냇물밖에는 아무것도 없었습니다. 시골 마을에는 태양과 비와 바람뿐이었습니다.

낙성이 아버지는 3년 만에 병이 나았습니다. 기적이었습니다.

어머니가 캐 온 약초 때문인지, 마을 청년들이 잡아다 준 독사 때문인지, 이웃 사람들이 잡아 보낸 개고기 때문인지 알 수 없었습니다. 떠올리면 모두 징그러운 것들이었습니다.

하지만 생각해 보면 없는 사람들에게는 정말 고마운 것들이었습니다. 낙성이가 미제 깡통에 담아 온 개구리가 아버지를 살렸는지도 모릅니다.

그때 우리 모두의 약은 '사랑'이었습니다.

검정 우산

한여름 오후는 나른합니다. 개는 토방에서, 잠자리는
장독대에서, 꽃들은 꽃밭에서, 나비는 꽃 위에서
졸았습니다.

마당이 있는 시골집 풍경은 거의 비슷했지요.
모두가 늘어져 있는데도 어머니만 새참을 준비하느라
분주했습니다. 새참을 아버지에게 나르는 건
내 몫이었지요. 방학 동안에는 그랬습니다.

어머니는 개떡이나 찐 감자, 풋고추가 들어 있는
보따리와 막걸리가 담긴 양은 주전자 그리고
검정 우산을 건넸습니다.

풋고추는 막걸리 안주였고, 검정 우산은 새참을 들

때만이라도 아버지를 받쳐주라고 챙겨준 것이었습니다.

들녘은 몸 하나를 가릴 만한 그늘도 없었습니다.

나는 내 키만 한 검정 우산을 옆구리에 끼고

한 손에는 술 주전자, 다른 손에는 보따리를 든 채

거의 십리 길을 걸어 새참을 날랐습니다.

읍내를 완전히 빠져나가 강둑을 따라 한참 걸으면

우리 논이 나왔습니다.

새참이 무겁지는 않았지만, 옆구리에 낀 우산이 자꾸 흘러내려 몇 번씩 걸음을 멈춰야 했습니다.

온몸이 땀으로 끈적거리고 땅에서 올라오는 뜨거운 바람에 숨이 막혔습니다. 그러나 강둑에서 맞는 강바람만은 시원했습니다.

무슨 할 일이 그렇게 많은지 아버지는 매일 논에서 사셨습니다.

아버지의 낯빛은 논바닥 색깔과 똑같았습니다. 불그죽죽하면서도 거무튀튀했지요.

논두렁에 검정 우산을 받치고 그 안에 새참과
술 주전자를 놓고 아버지를 불렀습니다.

"아버지, 술 받아 왔어요."

땡볕을 뚫고 오는 동안 주전자에서는 막걸리가 끓어
자그마한 주둥이로 보글보글 넘쳤습니다.

아버지는 논둑에 펼쳐놓은 우산 속으로는 들어오지도
않았습니다. 뙤약볕을 그대로 맞으며 새참을
들었습니다.

아버지에게 우산을 씌우려 다가가면 저만치
물러났습니다.

"답답하다. 너나 쓰고 있어라."

결국에 우산을 쓰고 있는 건 나였습니다.
미안했습니다.

아버지의 검은 얼굴은 땀으로 번들거렸고, 턱수염에는
하얀 소금기가 묻어 있었습니다.

"아버지, 아직 멀었어?"

나는 집에 가고 싶으면 이렇게 물었습니다.

"멀었다, 너 먼저 가거라. 해찰하지 말고 어서 가거라."

아버지도 똑같은 대답을 했습니다.

아버지가 다시 논으로 들어가면 나는 새참 그릇을
그대로 놔둔 채 우산만 들고 집으로 돌아왔습니다.
그러면 아버지가 새참 그릇을 챙겨서 지게에 지고
왔습니다.

그날도 새참을 들고 논에 갔습니다.

아버지는 평소와는 달리 논두렁에 나와 있다가 서둘러
집에 가라고 했습니다. 소나기가 한바탕 쏟아질 것이라고
했습니다.

아버지 말은 한 번도 틀리지 않았습니다. 어떻게 그렇게
잘 아는지 신기했습니다.

논두렁길을 빠져나와 강둑을 걸어오는데 들판을
가로질러 오는 바람결이 여느 때와는 확연히
달랐습니다.

스스스스······.

벼들이 저희끼리 몸을 비비며 일제히 소리를 쳤습니다.

바람이 먹구름을 몰고 오는 게 보였습니다. 검푸른
바다에 파도가 일렁이는 것처럼 보였습니다.

검은 구름이 삽시간에 들녘을 덮었습니다.

강둑에서 이런 광경이 한눈에 보였습니다.

정말 자연의 힘은 굉장했습니다.

이내 소나기가 퍼붓기 시작했습니다. 검정 우산을
받쳐 들었습니다.

쏴아 쏴~~.

굵은 빗줄기가 우산을 세차게 내리쳤습니다. 그러자
천둥 번개가 쳤습니다.

하늘이 쩍쩍 갈라졌습니다.

머리 위에서 천둥이 나를 집어삼킬 듯 울렸습니다.

"우르렁 쾅쾅 쿠르르르~~."

쇠붙이를 찾는 번갯불이 내 우산 꼭지를 겨냥하고
있음이 분명했습니다.

우산을 힘껏 내던지고 강둑 아래로 몸을 내던졌습니다.
그런데 이놈의 우산이 나를 따라오는 것이었습니다.

우산을 피해 필사적으로 몸을 굴려보았지만, 우산은
자꾸 내게로 왔습니다.

우산에서 벗어나려고 몸부림을 쳤으나 생각뿐이었습니다.

너무나 무서웠습니다.

풀밭에 얼굴을 박은 채 꼼짝도 하지 않았습니다.

얼마나 지났을까, 사방이 조용했습니다.

가만히 고개를 들어보니 내 꼬락서니가 정말
우스꽝스러웠습니다. 글쎄, 온 힘을 다해 우산을 붙들고
그 속에 엎드려 있었던 겁니다.

나는 우산을 슬며시 밀치고 발랑 누워 하늘을
봤습니다.

비 갠 하늘에는 다시 태양이 이글거리고 있었습니다.
뭉게구름이 피어나고 있었습니다.

나는 내 얼굴 위로 쏟아지는 햇살이 부끄러웠습니다.

비로소 풀냄새가 났습니다.

다시 내 키만 한 검정 우산을 옆구리에 끼고 집을 향해
길고 긴 둑길을 걸었습니다.

　　우산은 내게 아무 얘기도 안 했지만, 우산한테
창피했습니다.

　　옷에 온통 풀물이 들었습니다. 누가 볼까 봐 우산을
푹 눌러쓰고 걸었습니다.

누렁이

고개 너머에 도살장이 있었습니다. 장날 새벽이면
소를 잡았습니다.

소들은 사람 말을 알아듣나 봅니다.

도살장에 끌려가는 날에는 여물도 먹지 않았습니다.

고삐를 잡아당겨도 외양간을 나오지 않으려 버텼습니다.

도살장에 도착하면 우~ 우~ 하고 울었습니다.
여러 마리의 소들이 울면 그 울음소리가 마을까지
내려왔습니다.

42

소는 사람들을 위해 온갖 일을 하고, 마지막에는
뼈와 가죽까지 내주었습니다.

어른들은 소귀신이 있다고 했습니다. 깊은 밤, 도살장
근처에서 소 울음을 들었다는 사람들이 많았습니다.

그런데 소귀신은 사람에게 해코지하지 않는답니다.
그래서 소리만 날 뿐이지 사람의 눈에는 보이지
않는다고 했습니다.

잠자리와 먹는 것이 다를 뿐 소는 집에서 함께
살아가는 식구나 다름없었습니다.

병수네도 소가 있었습니다. 털 색깔이 유난히 누렇기에
누렁이라 불렀습니다.

누렁이는 다른 소들처럼 고집은 세지만 온순했습니다.
누렁이는 남의 논밭을 갈아주고 삯을 받았습니다.
가을걷이가 끝나면 수레를 끌었습니다.

병수는 누렁이와 붙어살았습니다. 어렸을 때는
누렁이를 타고 놀았습니다.

학교에서 돌아오면 누렁이를 끌고 나가 강둑에서
풀을 뜯겼습니다.

44

강둑에서 저녁연기가 피어오르는 마을을 보면 마음이
차분하게 가라앉았습니다.

누렁이 울음소리를 앞세우고 집으로 돌아오는 길은
걷고 또 걸어도 정겨웠습니다.

지지난 여름에는 누렁이를 잃어버려 혼이 났습니다.
망태에 꼴을 가득 채우고 잠깐 누워서 하늘의 구름을
보고 있었습니다.

구름은 뭉게뭉게 피어오르며 별별 형상을 다
만들었습니다. 그걸 쳐다보다가 그만 잠이 들었습니다.

일어나 보니 누렁이가 보이지 않았습니다. 풀밭에
박아놓았던 쇠말뚝도 보이지 않았습니다. 사방이
온통 어둠에 잠겨 있었습니다.

큰일이었습니다. 병수는 누렁이를 찾아 이곳저곳을
돌아다녔습니다. 하지만 누렁이의 모습은 보이지
않았습니다.

꼴망태를 팽개치고 집으로 달렸습니다. 식구들에게
알려야 했습니다. 아버지의 화난 얼굴이 떠올랐습니다.

길이 어두워 몇 번이나 넘어졌습니다. 집 마당에
들어서서 우선 외양간으로 달려갔습니다.

그런데 이게 웬일인가요. 외양간에서 누렁이가 음메~
하고 소리쳤습니다. 와락 눈물이 쏟아졌습니다.
혼자 집을 찾아온 누렁이가 고마웠습니다.

병수는 그제야 무릎이 아파 왔습니다. 무릎이 까져
다친 것도 모르고 달려왔던 것입니다.

그러다 가만 생각해 보니 부아가 치밀었습니다.

'해 넘어갔다고 저 혼자 집에 오다니…….'

괘씸한 생각이 들어 주먹을 쥐어 보이며 눈을
흘겼습니다. 누렁이는 미안한지 고개를 떨구었습니다.

누렁이는 덩치가 큰 데다 힘도 셌습니다. 누렁이를
앞세우고 가면 무서울 게 없었습니다.

누렁이가 개싸움을 말린 적도 있었습니다.

마을에서 가장 사나운 개 두 마리가 싸우고 있었습니다.
서로의 목덜미를 물고 나뒹굴었습니다. 주인들이 말려도
소용이 없었습니다.

이때 병수가 누렁이와 함께 지나가다 개싸움을
보게 되었습니다.

병수가 누렁이를 개들에게 끌고 갔습니다.

누렁이가 들이박을 자세로 개들에게 돌진했습니다.
그러자 개들이 도망을 쳤습니다. 그렇게 개싸움이
끝났습니다.

마을 사람들은 병수의 머리를 쓰다듬고 누렁이 등을
두드리며 칭찬했습니다. 병수의 어깨가 으쓱
올라갔습니다.

52

언제부턴가 누렁이가 침을 많이 흘렸습니다. 눈곱이 끼고, 번들거리던 누런 털도 거뭇거뭇해졌습니다. 쟁기질을 할 때면 자꾸 헛발을 디뎠습니다.

이를 지켜보던 어른들은 혀를 끌끌 찼습니다. 누렁이가 늙은 것이지요.

햇살이 잔잔하게 부서지는 늦은 봄날이었습니다.

병수는 논두렁에 앉아 누렁이가 일하는 모습을 지켜보고 있었습니다.

그날따라 누렁이는 힘들어했습니다. 그러다 이내
서버렸습니다.

"이랴~ 이랴~!"

아버지가 연신 외쳤지만 논을 갈 생각을 안 했습니다.
자꾸만 침을 흘렸습니다. 그러면서 병수를 바라봤습니다.

이윽고 아버지가 참다못해 누렁이 잔등을 밧줄로
때렸습니다.

깜짝 놀란 병수가 벌떡 일어나 논에 뛰어들었습니다.
고무신이 벗겨지고 검은 논물이 얼굴까지 튀었습니다.

"아버지! 때리지 말아요, 때리지 말아요."

병수는 커다란 누렁이 앞에서 손을 벌리며 외쳤습니다.
그러고는 누렁이 잔등을 문지르며 눈물을 쏟았습니다.
아버지는 헛기침을 했고, 누렁이는 큰 눈을 껌벅거렸습니다.

그날 쟁기질은 거기서 끝났습니다. 집으로 돌아오면서
병수도, 아버지도 아무 말이 없었습니다. 누렁이도 울지
않았습니다.

가을걷이가 끝날 즈음 기어코 일이 벌어졌습니다.
누렁이가 수레에 고구마를 싣고 가다 비탈길에서
앞다리를 끓어버렸습니다.

병수 아버지가 비명을 질렀습니다. 수레를 벗겨내고 누렁이를 일으켜 보려 했지만, 꼼짝도 하지 않았습니다. 한참 후에 일어난 누렁이는 앞다리 한쪽을 절었습니다.

누렁이는 간신히 집으로 돌아왔습니다.

소식을 듣고 마을 사람들이 병수네 집을 찾아와 아버지를 위로했습니다.

외양간에 들러 누렁이를 살펴봤습니다. 그때마다 누렁이는 음메~ 하고 소리치며 눈을 껌벅거렸습니다. 고맙다는 인사처럼 들렸습니다.

병수는 마음이 아팠습니다. 빨리 나으라고 소죽에
별의별 것을 타서 먹였으나 소용이 없었습니다.

병수네 집은 시름에 잠겼습니다. 마을 사람들도 걱정을
나눴습니다. 앞으로는 아쉬운 소리를 해가며 이웃 마을
소에게 논밭갈이를 부탁해야 했습니다.

그때 마을 이장이 한 가지 제안을 했습니다. 누렁이가
회복될 기미가 없으니 돈을 거둬 누렁이를 잡아먹자는
것이었습니다. 오랜만에 쇠고기도 먹고, 그 돈으로
병수네는 송아지를 사면 서로 좋은 것 아니냐 했습니다.

대뜸 의견이 모였고, 모두 열네 집이 돈을 냈습니다.

누렁이를 잡기로 한 날이었습니다.

병수 아버지가 소를 끌고 도살장으로 향했습니다.
그 뒤를 병수가 따라갔습니다.

도살장 앞에서 누렁이가 병수를 돌아봤습니다.
그 큰 눈에서 눈물이 주르르 흘러내렸습니다.

병수가 달려가 누렁이 목을 껴안았습니다. 눈물이
났습니다. 둘러선 사람들은 먼 산을 바라봤습니다.
병수 아버지가 병수를 떼어놨습니다.

소 잡는 아저씨가 돌치를 들고 나타났습니다.

한 아저씨는 누렁이가 꼼짝 못 하게 코뚜레를 붙들고,

다른 아저씨는 돌치를 쳐들었습니다.

아저씨는 뿔과 뿔 사이를 정통으로 내리쳤습니다.

그 순간은 모두 눈을 감았습니다.

누렁이는 앞무릎을 꿇더니 쿵! 하고 넘어졌습니다.

그것으로 끝이었습니다. 고기는 사람들이 나눠 갖고

코뚜레만 남았습니다.

아버지가 터벅터벅 앞서 걸어갔습니다. 뒷짐 진 손에 코뚜레가 들려 있었습니다. 병수는 아버지 뒤를 따라갔습니다.

코뚜레에서 누렁이 울음소리가 들려오는 듯했습니다. 금방이라도 나타날 것만 같았습니다. 병수는 누렁이가 들어올 자리만큼 떨어져 걸었습니다.

바람이 불면 도살장에서는 소 울음소리가 들려왔습니다. 아이들은 그것이 소귀신 소리라고 했지만, 병수에게는 누렁이 울음으로 들렸습니다.

스스로 읽는 성취감, 스스로 완성하는 글짓기, 어르신 이야기책을 소개합니다!

도서출판 지성사에서 어르신들의 인지 기능을 활성화할 수 있는 우리나라 대표 문인들의 작품을 모아 큰글자책 〈어르신 이야기책〉을 펴냈습니다. 이 시리즈는 어르신들의 집중도에 따라 책을 선택할 수 있도록 글의 수준이 아닌, 원고 분량으로 나누었습니다. 긴글(70~120매), 중간글(40~70매), 짧은글(40매 미만) 그리고 그림책입니다.

〈어르신 이야기책〉은 어르신들께서 쉽게 책 한 권을 완독하는 성취감을 느끼게 해줍니다. 우리나라 대표 문인들의 작품이라 문장의 완성도 또한 높습니다. 무엇보다 회상작용이 일어날 수 있는 소재의 작품들로 구성되어 있어, 어르신들의 인지 기능 활성화(치매 예방)에 큰 도움이 됩니다.

특히 그림책에는 두 가지 기능이 있습니다. 첫 번째는 집중도가 떨어지는 어르신들이 그림에 곁들인 한 줄 글을 마중물 삼아 당신의 기억 속 이야기를 말씀할 수 있게 유도합니다. 두 번째는 문해학교 등에서 어르신들이 스스로 글을 짓는 데 활용됩니다. 그림책에는 그림과 한 줄 글이 제시되어 있고, 여백이 있습니다. 어르신이 직접 글을 지어 채우는 공간입니다. 글을 완성한 후 표지에 이름을 적어 넣으면 세상에 한 권뿐인 어르신의 책이 완성됩니다.

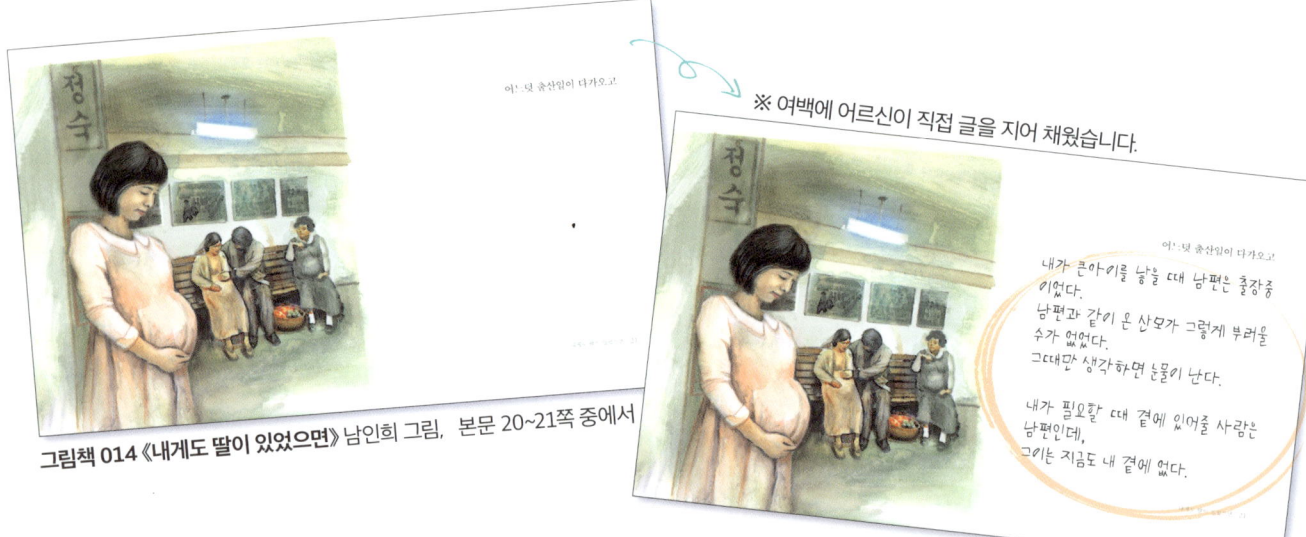

그림책 014 《내게도 딸이 있었으면》 남인희 그림, 본문 20~21쪽 중에서

※ 여백에 어르신이 직접 글을 지어 채웠습니다.